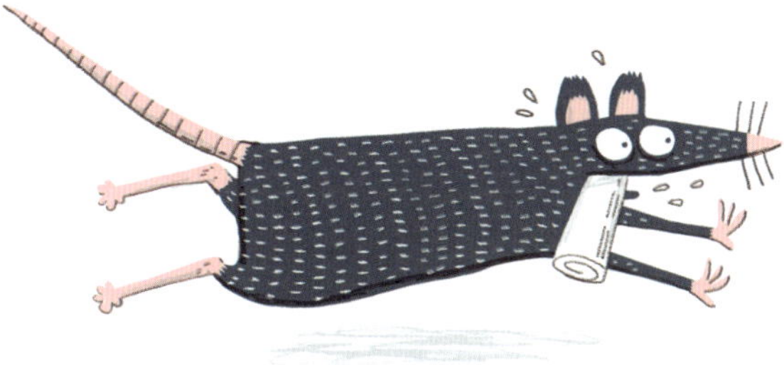

图书在版编目（CIP）数据

我恶心的动物邻居.5，老鼠 /（加）埃莉斯·格拉韦尔著；黄丹青译.— 西安：西安出版社，2023.4
ISBN 978-7-5541-6585-0

Ⅰ.①我… Ⅱ.①埃… ②黄… Ⅲ.①儿童故事—图画故事—加拿大—现代 Ⅳ.①I711.85

中国国家版本馆CIP数据核字(2023)第024622号
著作权合同登记号：陕版出图字25-2022-050

DISGUSTING CRITTERS:THE RAT
Text and Illustrations copyright © 2014 by Elise Gravel. All rights reserved. This French translation rights arranged with Painted Words Inc. through RightsMix LLC

我恶心的动物邻居 老鼠 WO EXIN DE DONGWU LINJU LAOSHU
[加]埃莉斯·格拉韦尔 著　黄丹青 译

图书策划	郑玉涵	责任编辑	朱 艳
封面设计	牛 娜	特约编辑	郭梦玉
美术编辑	张 睿　葛海姣		

出版发行　西安出版社
地　址　西安市曲江新区雁南五路1868号影视演艺大厦11层（邮编710061）
印　刷　东莞市四季印刷有限公司
开　本　787mm×1092mm 1/25　印张 12.8
字　数　72千字
版　次　2023年4月第1版
印　次　2023年4月第1次印刷
书　号　ISBN 978-7-5541-6585-0
定　价　138.00元（共10册）

出品策划　荣信教育文化产业发展股份有限公司
网　址　http://www.lelequ.com　　电话 400-848-8788
乐乐趣品牌归荣信教育文化产业发展股份有限公司独家拥有
版权所有　翻印必究

我恶心的动物邻居

老鼠

[加]埃莉斯·格拉韦尔 著

黄丹青 译

西安出版社

小朋友们，我来向你们介绍一位有点儿恶心的新朋友——

老鼠。

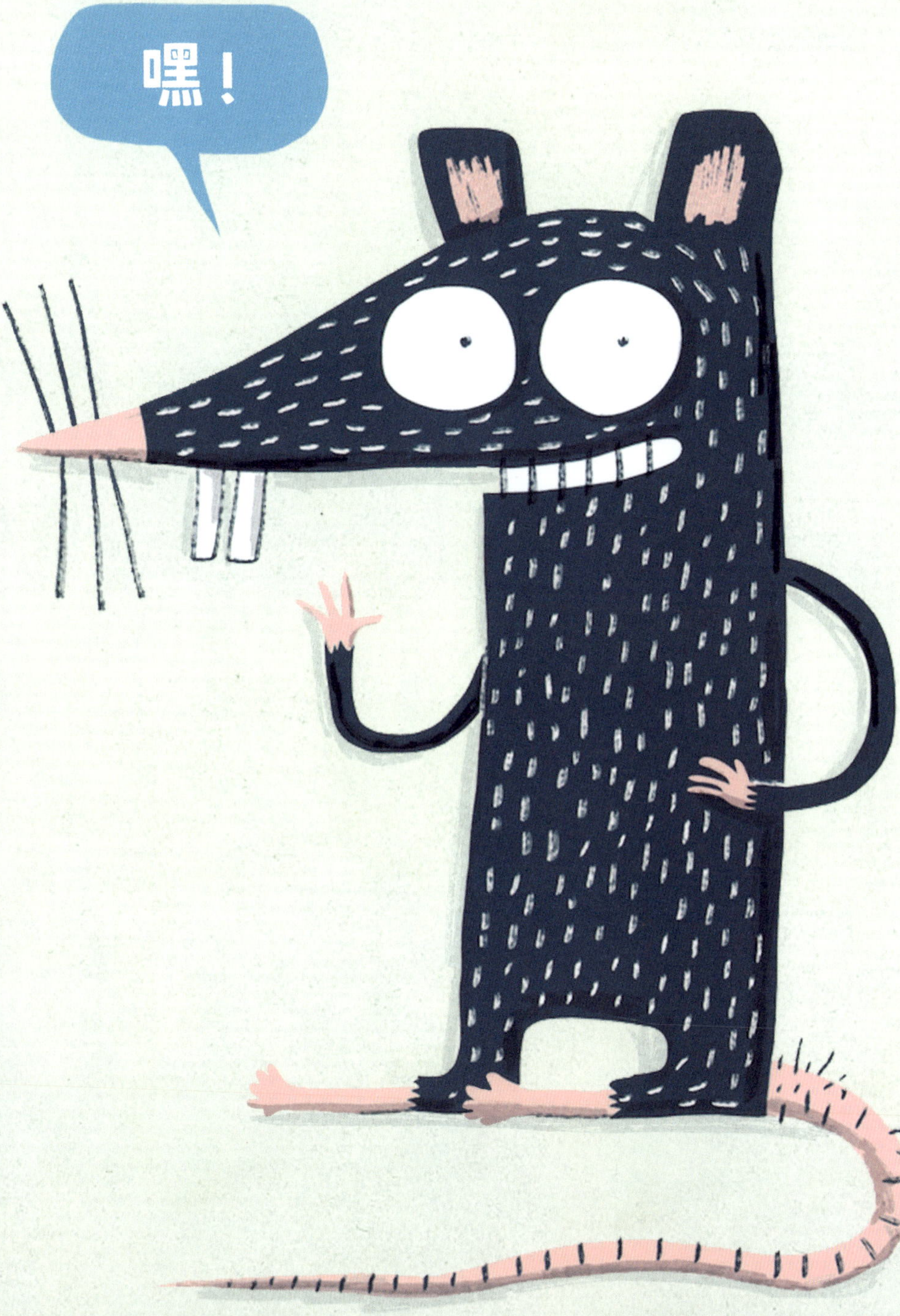
嘿！

人类最熟悉的老鼠是褐鼠和黑鼠，黑鼠也叫作

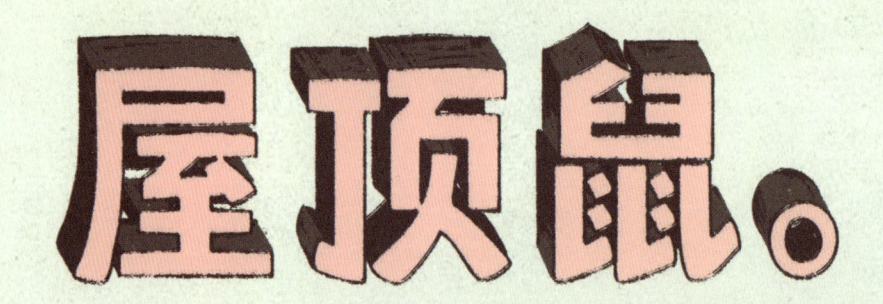

屋顶鼠。

你好，我能住在你的屋顶吗？

很高兴认识你！

我们更常见的是

小家鼠。

老鼠都有长长的尾巴、锋利的牙齿和尖尖的嘴巴。不过，小家鼠的个头儿要小很多。

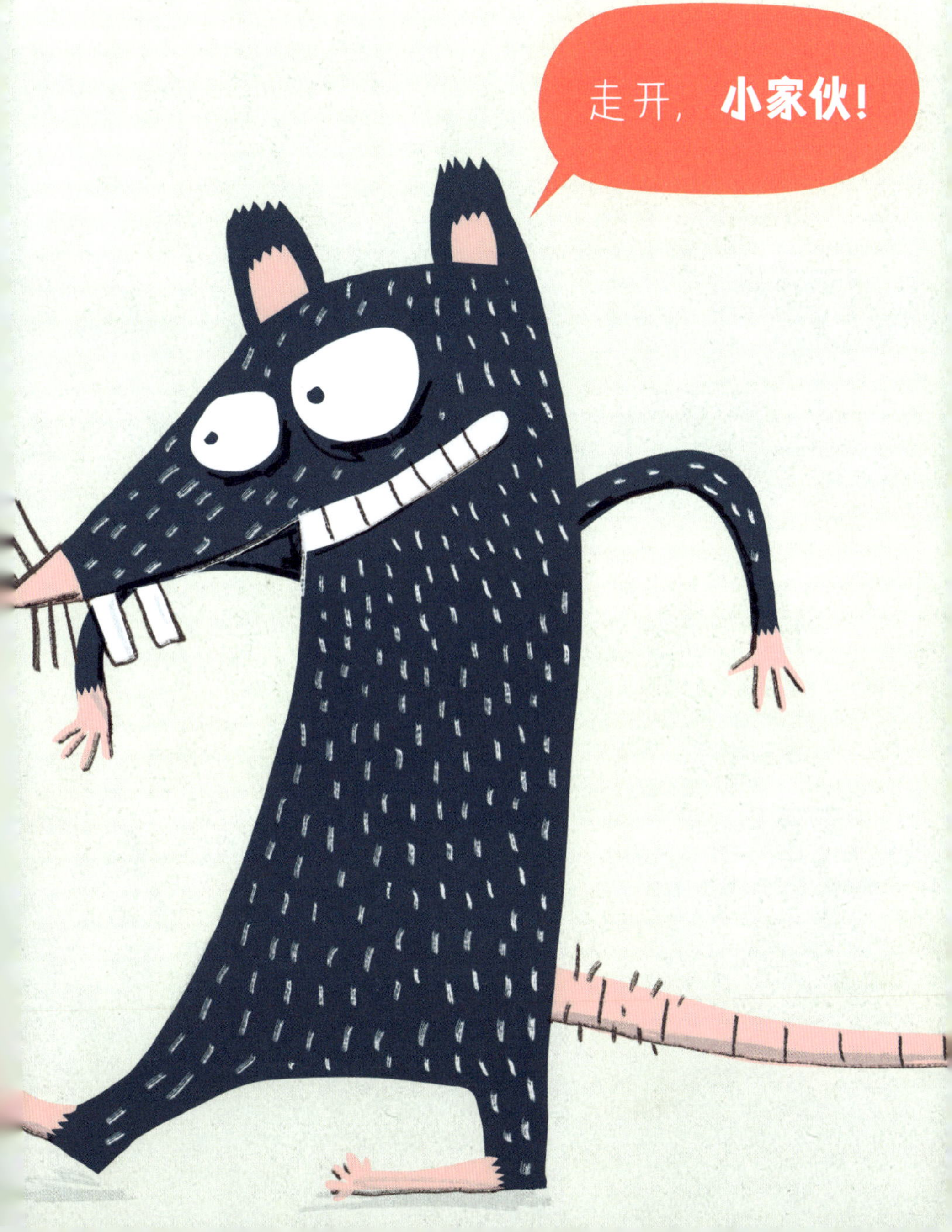
走开，**小家伙！**

老鼠的尾巴长长的，毛非常短，而且它的尾巴很灵活。尾巴不仅可以让老鼠保持平衡，还能协助它攀爬——先缠住一个物体，然后让身体挂在上面。因此，老鼠的尾巴常被比作它的

第五条腿。

> 用我的尾巴来挖鼻屎也很方便。

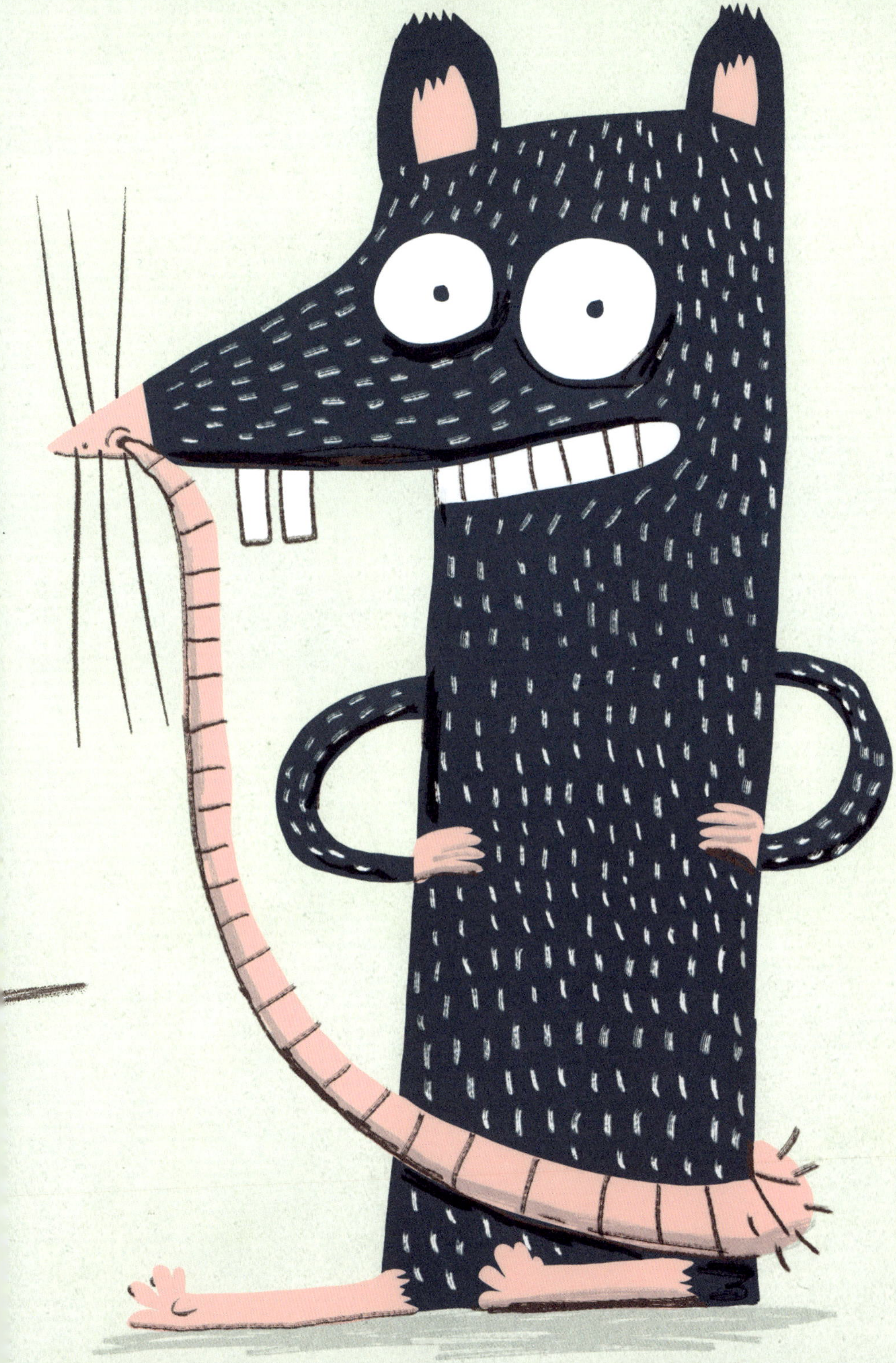

老鼠是一名真正的

运动员：

它跳得又高又远，跑得很快，还是游泳健将。神奇的是，它还能缩小身体，有的可以让自己穿过1元硬币那么小的洞。

我也有不会的，比如跳芭蕾。

老鼠有4颗又大又锋利的

门牙。

这些门牙每年约长11~14厘米,所以老鼠必须通过 **啃咬**

东西将不断生长的牙齿磨短。

天哪！
你多久没有磨牙齿了？

老鼠的牙齿非常

坚硬!

它几乎可以啃掉一切东西：无论是塑料、纸张，还是电线、水泥、木材等。

嗯！介*本书味道好极了！

*此处"介"为"这"的错读，为表达老鼠嘴里塞满东西说话含糊不清的样子。

老鼠喜欢住在人类生活的地方，因为它喜欢在垃圾桶和下水道里享用我们

吃剩的食物。

> 我想就着番茄酱啃一点儿电线。

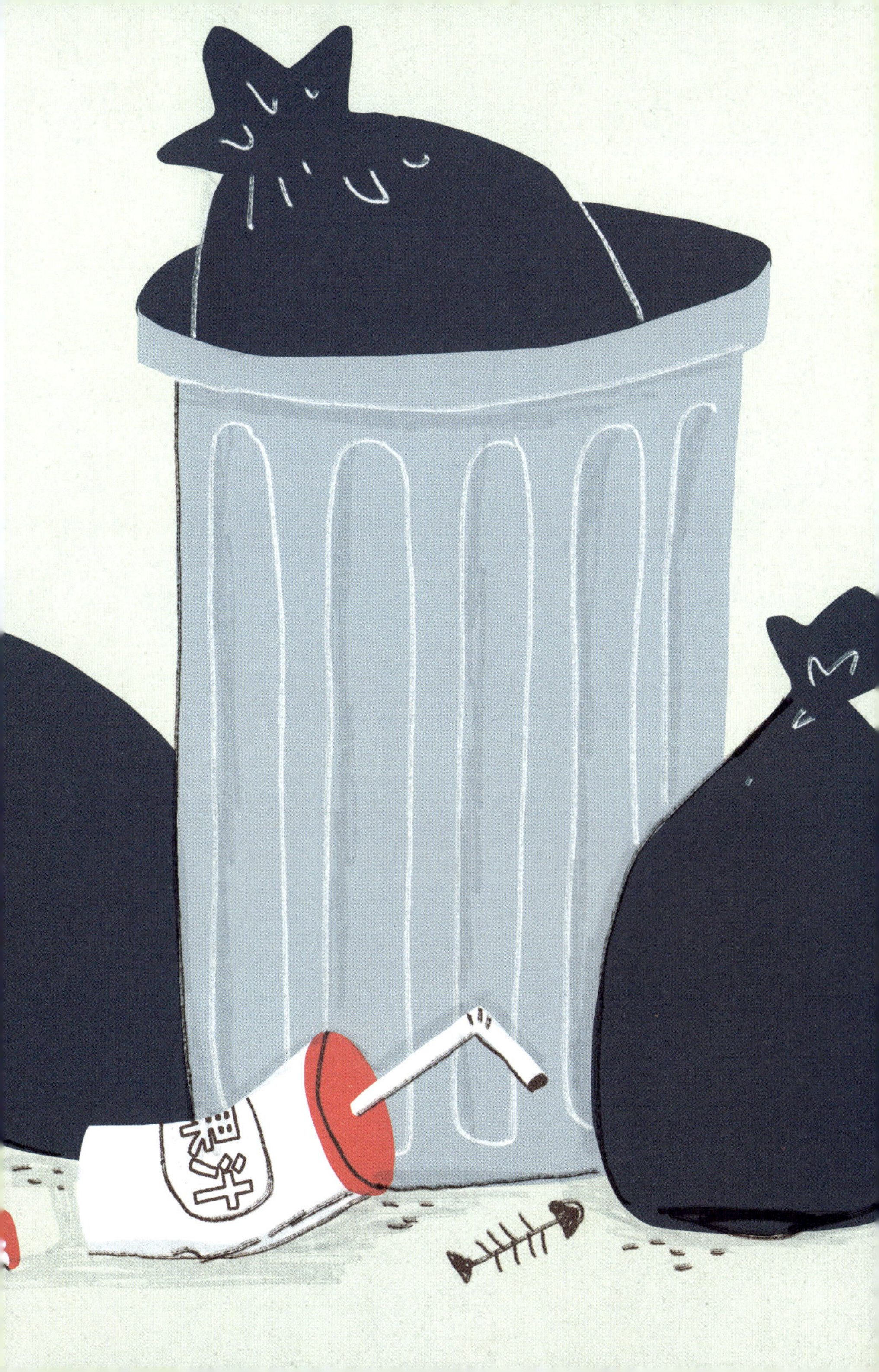
汁

老鼠很

不讲卫生：

它随地大小便，就连人类的食品储藏室也不放过。老鼠会传播许多

疾病，

有些病可能会非常严重。

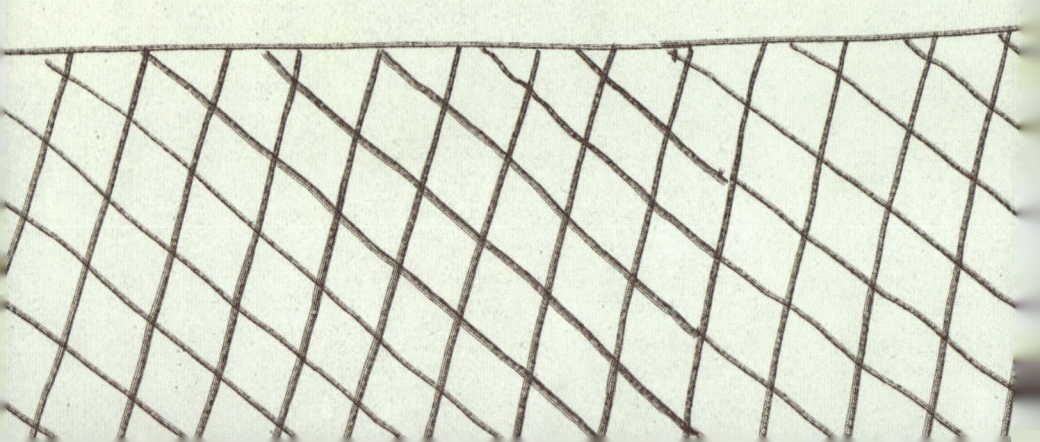

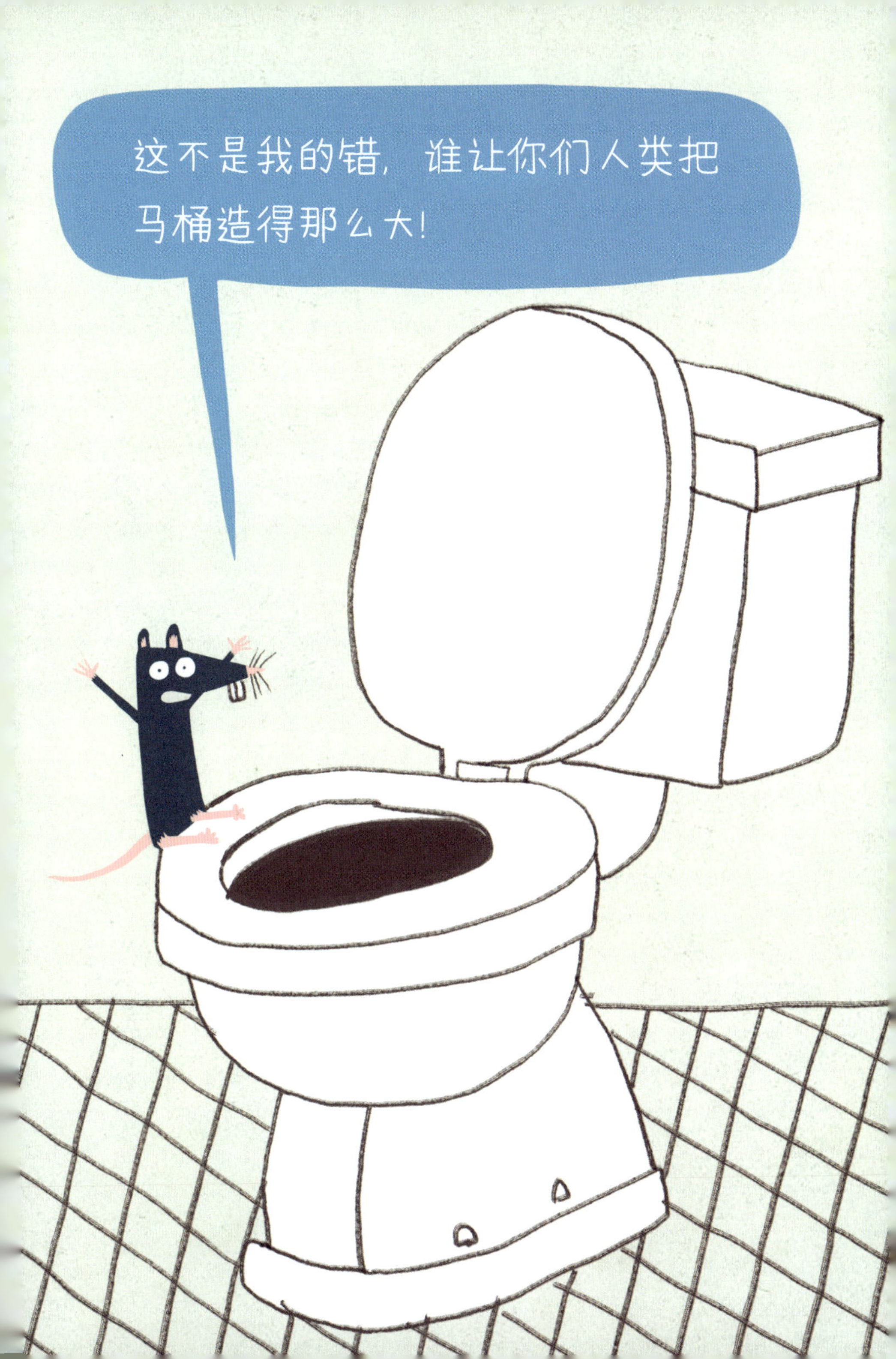
这不是我的错，谁让你们人类把马桶造得那么大！

老鼠非常

聪明。

它能够学会很多东西，能在迷宫中找到正确的路，还能解决许多

复杂的问题。

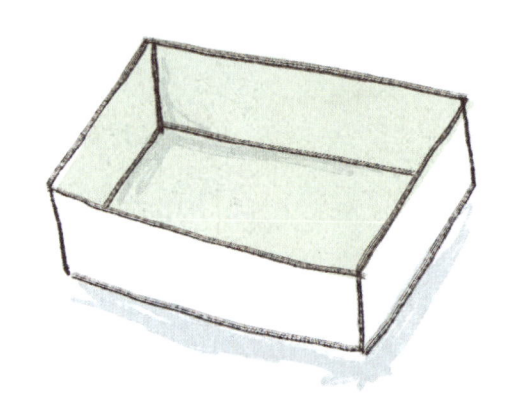

糟糕,少了一块拼图!可能被我当成午饭吃掉了。

挠挠
挠挠

通过观察和研究老鼠，

科学家

有许多重大发现，这对治疗人类疾病非常有帮助。

真有趣！

是的，但是，呃……真的有必要一直盯着我看吗？

老鼠和人类一样，是非常聪明的哺乳动物，它的有些行为与人类的也很相似。所以，它非常适合做

实验动物。

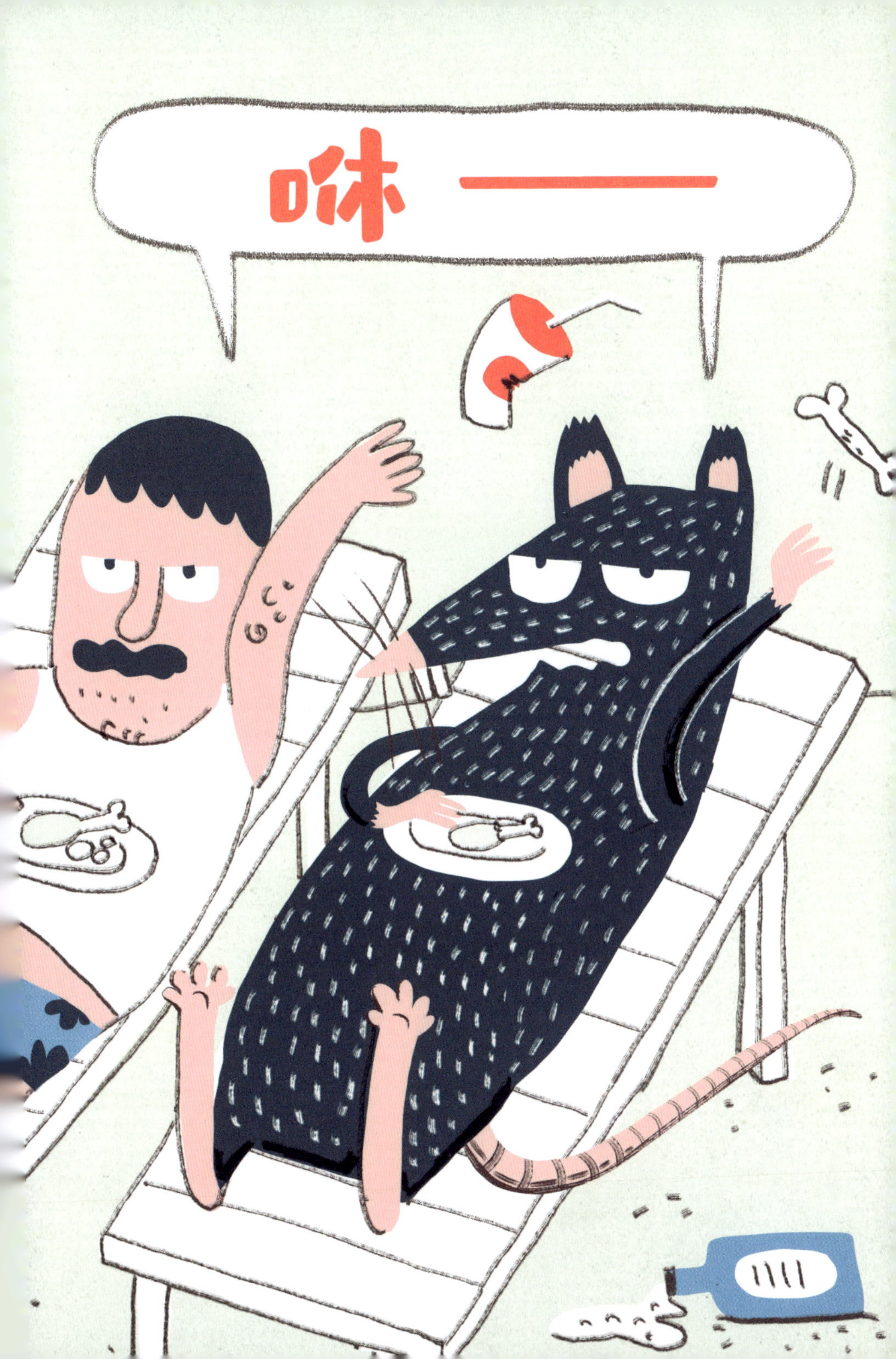
咻——

虽然许多人觉得老鼠

很恶心，

但也有人觉得它很可爱，所以他们会驯养老鼠并把它当作

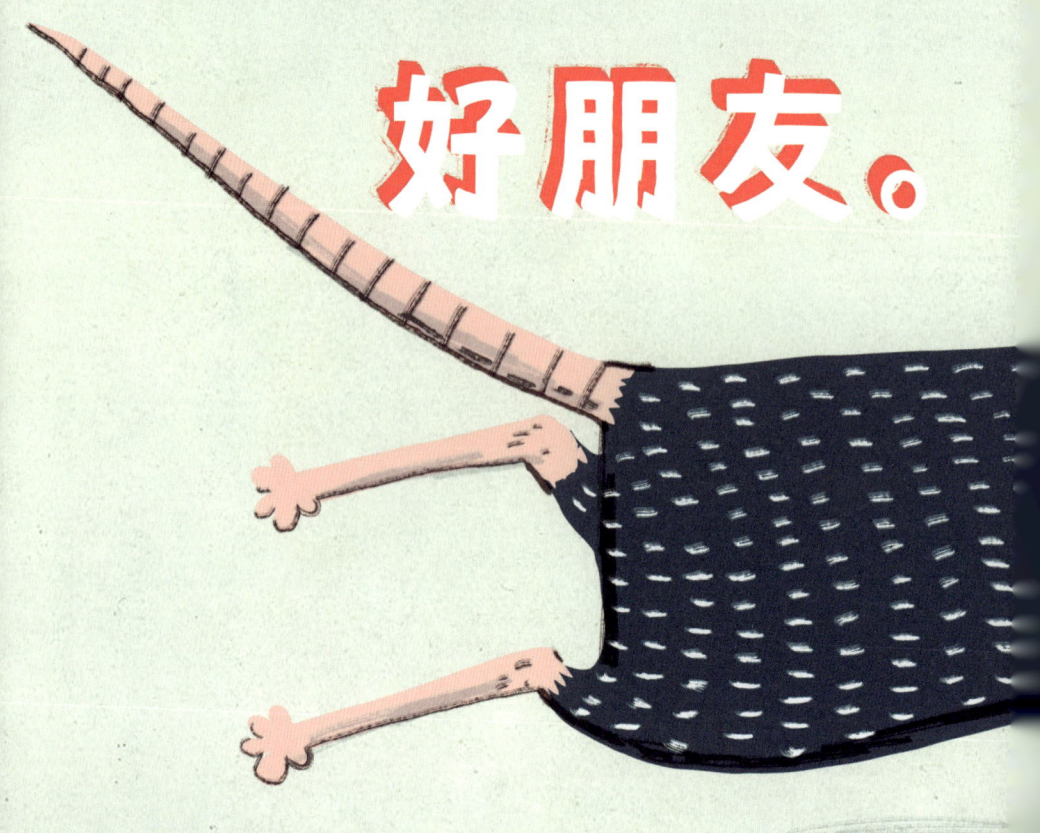

好朋友。

把东西拿来！

下次，当你遇到老鼠时，记得对它好一点儿哦。说不定有一天它会帮你**做作业**呢！

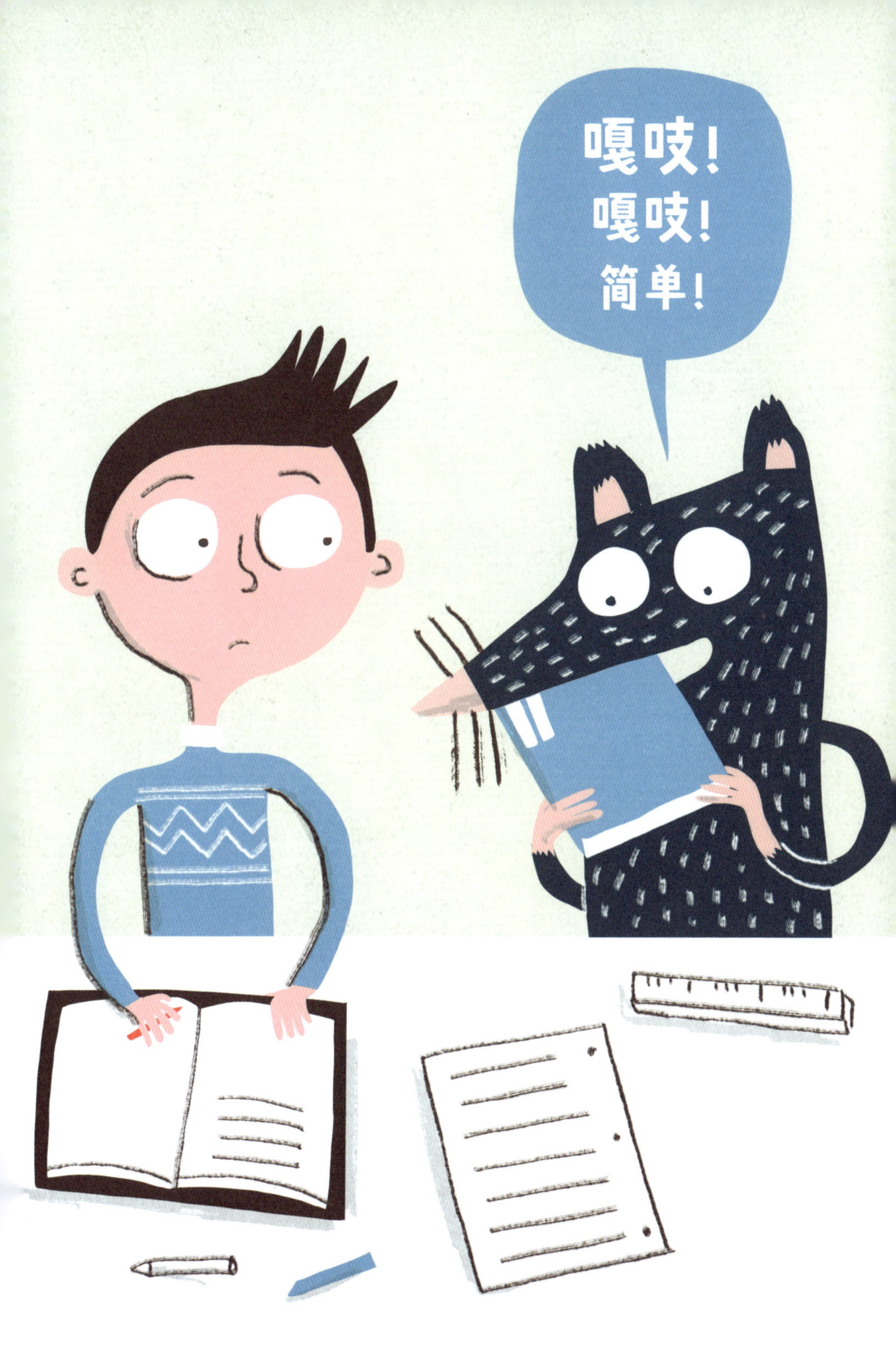
嘎吱！
嘎吱！
简单！

老鼠小档案

独特之处 它的尾巴可以保持平衡，还能协助攀爬。

食物 什么都啃，有时候甚至啃电线！

特长 田径运动。

老鼠是你有点儿恶心的动物邻居，它还不讲卫生。

不过，它很聪明，它非常适合做实验动物。